Niveau 2

Texte de Sylvie Mo
Illustrations de Chris

Amé,
le bonbon de Naoki

la courte échelle

Les éditions de la courte échelle inc.
5243, boul. Saint-Laurent
Montréal (Québec) H2T 1S4
www.courteechelle.com

Consultantes en pédagogie : Marélyne Poulin et Marie-Pascale Lévesque

Révision : Leïla Turki

Conception graphique : Kuizin Studio

Dépôt légal, 3ᵉ trimestre 2010
Bibliothèque nationale du Québec

La courte échelle reconnaît l'aide financière du gouvernement du Canada par
l'entremise du Fonds du livre du Canada pour ses activités d'édition.
La courte échelle est aussi inscrite au programme de subvention globale du Conseil des Arts
du Canada et reçoit l'appui du gouvernement du Québec par l'intermédiaire de la SODEC.

La courte échelle bénéficie également du Programme de crédit d'impôt pour l'édition
de livres — Gestion SODEC — du gouvernement du Québec.

**Catalogage avant publication de Bibliothèque et Archives nationales du Québec
et Bibliothèque et Archives Canada**

Massicotte, Sylvie

      Amé, le bonbon de Naoki

      (Collection Première Lecture ; 22)
      Pour enfants de 6 ans et plus.

      ISBN 978-2-89651-213-3

      I. Battuz, Christine. II. Titre. III. Collection : Collection Première Lecture ; 22.

PS8576.A796A633 2010   jC843'.54   C2010-940413-0
PS9576.A796A633 2010

Imprimé en Chine

À toi, pour un petit voyage...
dans les nuages !

À la découverte des personnages

Amé

Il a des bonbons dans la bouche.

Il dit son nom : Amé.

Avec ses doigts, il montre six et demi.

Il aura bientôt sept ans.

La petite sœur d'Amé

Il y a des étoiles dans ses yeux.
Son regard brille quand on lui
raconte des histoires.

À la découverte de l'histoire

Chapitre 1

À l'école de la rue Longue, c'est la récréation. Dans la cour, Amé parle avec son amie Avril. Il lui annonce :

— Il y a un nouvel élève dans ma classe. Il s'appelle Naoki.

La cloche a sonné. Amé retourne dans
sa classe. Le professeur déplie une
mappemonde. Il la colle au mur et dit :
— La terre est grande...

Amé se souvient qu'avec son père,
un jour, il s'était allongé sous un
oranger. C'était dans son autre
pays. Son père aussi avait dit :
« La terre est grande... »

Le professeur élève la voix :
— Amé ! Amé ! Tu es dans
les nuages.

Près d'Amé, Naoki rigole en
répétant :
— Amé ! Amé !

En riant, Naoki porte la main
à la bouche. Tous les élèves
le regardent.

Amé se demande si Naoki rit de
lui... Il pense aussi que, de là-haut,
dans les nuages, on verrait bien que
la terre est grande.

Chapitre 2

Le soir, à la maison de la rue
Longue, le père d'Amé sert le repas.
La petite sœur court vers la cuisine
en demandant :
— Qu'est-ce qu'on mange ?

Maman explique ce qu'elle a préparé. Amé se tourne vers sa petite sœur :

— Du manioc ; on en cultive dans notre pays d'avant.

La petite sœur ne se rappelle pas
avoir vu du manioc. Amé lui dit :
— Tu ne te souviens pas de
l'Afrique. Tu étais un bébé...

Après le souper, papa dépose
un globe terrestre sur la table. Il
montre à la petite sœur où est
l'Afrique. Amé montre du doigt le
pays où ils sont nés.

Devant les taches de couleur
entourées de bleu, la petite sœur
dit :
— Là, c'est tout bleu !
— C'est la mer, explique maman.

Dans le bleu, la petite sœur
découvre les océans. Maman
indique du doigt l'océan Atlantique,
et papa, l'océan Indien.

Pendant qu'il regarde le monde, Amé pense à Naoki. Pourquoi Naoki rit toujours en répétant le prénom Amé ? La petite sœur dit :

— Amé, tu es dans les nuages.

Amé raconte à sa famille qu'il y a
un nouvel élève dans sa classe. Il
est né au Japon et il s'appelle Naoki.
La petite sœur demande :
— Nao... qui ?

— Naoki ! répète Amé en éclatant de rire.

Chapitre 3

Le matin, dans la classe d'Amé et de Naoki, le professeur se tient devant la mappemonde. Il ne dit pas que la terre est grande, mais il demande :

— Amé, est-ce que tu peux nous montrer le pays où tu es né ?

Amé se lève. Près de lui, Naoki
répète tout bas en pouffant de rire :
— Amé... Amé...
Amé ne l'écoute pas. Il avance vers
la carte du monde.

Amé repère d'abord l'Afrique.
Ensuite, il touche les petites taches
de couleur entourées de l'océan
Atlantique et de l'océan Indien. Il
montre le pays où il est né.

Le professeur dit :

— Très bien, Amé ! Tu as su nous montrer ton pays d'origine. Tu peux retourner à ta place maintenant.

Amé croit rêver. Il voit une papillote multicolore, un magnifique bonbon posé sur son cahier !

Naoki fait un petit signe de tête à Amé. C'est lui qui a déposé le beau bonbon sur la table d'Amé.

À l'oreille d'Amé, Naoki chuchote :
— Un bonbon japonais, Amé.
À la fois surpris et content, Amé
remercie Naoki.

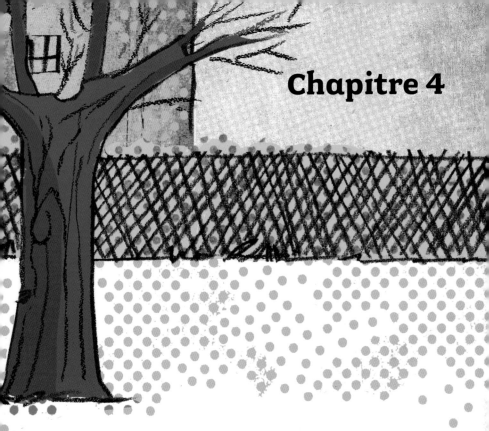

Chapitre 4

Pendant la récréation, Amé déplie le joli papier qui entoure le bonbon japonais. Avril lui dit :

— Je n'ai jamais vu un aussi beau bonbon...

Amé glisse le bonbon dans sa
bouche. Curieuse, Avril veut tout
de suite savoir ce qu'Amé en pense.
Il ouvre grand les yeux, semble
d'abord étonné. Puis il dit :
— Hummm... bon-bon-bon !

Naoki avance vers eux.

Amé dit :

— Avril, c'est Naoki.

Avril dit :

— Il était beau, le bonbon japonais que tu as donné à Amé.

Naoki répète aussitôt en riant :

— Amé ! Un joli bonbon japonais, Amé !

Il rigole encore, la main devant la bouche.

En riant, Naoki explique enfin :

— Au Japon, AMÉ, ça veut dire
«bonbon»!

Amé comprend que, pour Naoki,
il s'appelle «Bonbon»! Et c'est en
riant, lui aussi, qu'il avale tout rond
le bonbon japonais.

Glossaire

Globe terrestre : Boule représentant la terre, ses continents, ses océans, ses pays et ses villes.

Manioc : Plante tropicale dont on mange les racines.

Papillote : Morceau de papier dont on enveloppe un bonbon.

Pays d'origine : Endroit d'où l'on vient, où l'on naît.

À la découverte des jeux

Être dans les nuages

Observe les nuages dans le ciel et dessine les formes que tu reconnais.

En avion

Planifie un itinéraire de voyage de l'Afrique au Japon. Sur une carte du monde, colle des images de ce que tu visiterais dans chaque pays.

Découvre d'autres activités au www.courteechelle.com

Table des matières